詩總聞卷七

宋　王　質　撰

陳風

宛丘三章

子之湯兮宛丘之上兮洵有情兮而無望兮

宛丘在陳郡陳縣說文丘上有丘爲宛丘歐陽氏今地形則然說文又謂宛中爲宛丘毛氏四方高中央下郭氏中央隆高一丘而背馳如此恐止是宛轉之狀我于君信有情者望其爲良也終無望者度其必不能如願也此士大夫之辭

坎其擊鼓宛丘之下無冬無夏值其鷺羽

坎其擊缶宛丘之道無冬無夏值其鷺翿

聞音曰湯徒伉切毛氏訓蕩音亦當然下後五切

聞字曰湯當作蕩字轉亦可通行

聞用曰此羽不專用以爲翳凡儀仗皆可易曰鴻漸于陸其羽可用爲儀翿則爲翳舞者所執也毛氏皆以爲翳未當

總聞曰冬夏極寒暑之時人所鮮出而常相值無時而不出也幽公之事無見徒以惡謚故歸以大過亦猶僖公之事無見徒以常謚故歸以小過事

不明人不的徒以一時之論遂著爲一時之實攷
古如此恐未免多誤也

東門之枌三章

東門之枌宛丘之栩子仲之子婆娑其下
宛丘之東門也子仲子之仲也之子又仲之子也
必指一人而其姓氏無攷徘徊東門樹下待所期
婦人也

穀旦于差南方之原不績其麻市也婆娑
差擇也選善日而擇所適之地惟南原爲吉故廢
女事而徘徊東門市中待所期男子也吳氏此章

第一第三第四句用韻第二句不用韻他未有此
例固不必以例求然原今人猶呼衜靴切未嘗不
叶也世傳杜詩不讀萬卷書不行萬里地不可以
觀而況古詩包羅萬象上下數千年誠未易輕議
也

穀旦于逝越以鬷邁視爾如荍貽我握椒
旣善日至期則逝言相隨而逝也鬷釜屬言越境
攜釜而行也荍紫葵也椒顯椒也皆道旁所有言
用相娛悅男指女色如葵女指男芬如椒也
聞音曰下後五切差七何切麻謨婆切邁力制切

聞物曰穀或作楮木也言男女指樹爲誌有穀者所聚之地所行之途也如此則旦作且當從徐氏

聞人曰毛氏以擊鼓有從孫子仲遂以此子仲爲陳大夫以擊鼓序爲公孫文仲故以此原爲子仲之氏不知何所見而言春秋魯莊二十七年公子友如陳葬原仲恐是因此杜氏原仲陳大夫也原氏仲字也杜氏則不用諸春秋毛氏則不用諸詩也

總聞曰此詩多及期會之地草木如枌如栩如麻如莜如椒穀作木名之穀恐是案穀善之穀從禾與木名之穀從木不同此說誤

衡門三章

衡門之下可以棲遲泌之洋洋可以樂飢

此賢者窮處而自解者也

豈其食魚必河之魴豈其取妻必齊之姜

位重則享珍品勢隆則援名族雖處窮無此下魚亦可味卑族亦可昏也

豈其食魚必河之鯉豈其取妻必宋之子

聞跡曰泌在南陽泌陽縣斯人當是居此

總聞曰當是或勸賢者取有爵賢者婉辭導情以

酬之言不必也

東門之池三章

東門之池可以漚麻彼美淑姬可與晤歌

言隨分可以取足也當是與衡門同懷其處之人其意皆同

東門之池可以漚紵彼美淑姬可與晤語

東門之池可以漚菅彼美淑姬可與晤言

姬女别名不必言周姬王姬

聞音曰麻謨婆切紵眞呂切菅居賢切

聞用曰漚麻漚紵可緝爲野服漚菅可緝爲野具

皆女事也言窮妻能同野趣作野工自見其爲淑姬也諺云是眼有西施

總聞曰皆言可者如是卽可何必他求此安分君子之辭孔子曰富而可求也雖執鞭之士吾亦爲之如不可求從吾所好過涪陵見古寺題譙可翁三字必譙定也其詳見祠堂記

東門之楊二章

東門之楊其葉牂牂昬以爲期明星煌煌

楊黃楊木也葉盛春秋之時言飲酒無度也約昬而罷逮曉而未已明星啓明曉星也

東門之楊其葉肺肺昏以爲期明星晢晢

在暗不認樹葉認樹葉必明也可見其飲酒達旦也此與其桐其椅其實離離同意認樹實亦必明也

晢音曰晢之世切

總聞曰多稱東門此必宛丘交會之地也楚向陳自南之東轘徵舒于栗門疑卽東門也于交會之所戮之示衆悉覩也

墓門二章

墓門有棘斧以斯之夫也不良國人知之知而不已誰昔然矣

墓門之草木樵斧而無人禁之鴞集而無人逐之言凋落荒蕪也是中之不良其誰不知言甚著也人皆知而所爲不已誰從昔而然言自取如此也悲墓中者也

墓門有梅有鴞萃止夫也不良歌以訊之訊予不顧顛倒思予

方其告汝于我不相顧及精神顛倒當思我言謂將死之時也所謂雖悔可追

聞音曰斯所宜切徐氏凡斯皆讀作西訊息悴切

顧果五切予演女切

聞字曰誰當作維訊當作誶之當作止誶止見手鑑正引此詩案龍龕手鑑言部誶字下引詩云歌以誶止手鑑遼僧行均撰成於統和間當宋太宗之世遼人書禁甚嚴然是書在北宋已入中國沈括筆談嘗言之矣

聞跡曰左氏鄭有墓門城門也古人樸城門之外有塚即曰墓門案襄三十年傳云伯有自墓門之瀆入此恐亦是城門

總聞曰夫恐當作爻佗五爻也若以為佗須此字以證之嘗是陳佗之存已有知厲公之為蔡出而蔡人必不欲佗立者或以譖之而佗不以為虞故曰訊予不顧顛倒思予

防有鵲巢二章

防有鵲巢邛有旨苕誰侜予美心焉忉忉

中唐有甓邛有旨鷊誰侜予美心焉惕惕

中唐中塘也塘字之轉通用亦可甓鷿也水鳥鷿鷉也甓字之轉今行隄之上見鵲巢行丘之上見苕則動念曰誰欺我所美之人也行塘之上見鷿鷉行丘之上見綬草則又動念曰誰欺我所美之人也言木上水中之禽丘上之草各適其性何人欺上聽以害賢者使我懷憂不安也

聞用曰甓令甋甎也雜于山木禽草之間無謂此
等物亦難以起興
聞跡曰南陽有上唐後改爲下溠當亦有中唐地
名以中爲名極多如曾中丘楚中州大李陳蔡之
間呼大爲唐故唐州唐縣之名出此審爾防亦
地名毛氏但云防地名杜氏西防故城在唐州邛
未知何在
聞人曰序以爲宣公亦是以事相附司馬氏宣公
嬖姬生子款欲立之而殺其太子禦寇禦寇素愛
公子完完懼及禍乃奔齊此信讒何以異于晉獻

故以此歸于宣公要亦可從公子完之賢見左氏
甚明是誠可美也
總聞曰每章一水隄一山丘一水塘而以廟中路
間之無謂一禽一草而以讒間之亦無謂此適野
而懷賢覩境而生情者也

月出三章

月出皎兮佼人僚兮舒窈糾兮勞心悄兮
月出皓兮佼人懰兮舒懮受兮勞心慅兮
月出照兮佼人燎兮舒夭紹兮勞心慘兮
舒謂徵舒也佼人謂夏姬也當是靈公孔寧儀行

父與夏姬宣淫至夜徵舒不無所慚內擾不安病
行父似君之言可見僚懰燎皆夏姬妍美貌窈糾
懮受天紹皆徵舒繚繞貌悄慘慘皆徵舒憂悒貌
也
聞音曰僚虛皎切糾已小切皓胡老切懰郎鳥切
受時倒切慅七老切慘七到切開元經文以慘爲
懆引白華念子懆懆說文懆愁不安也
總聞曰佼人以爲靈公孔寧儀行父亦可婦人慕
男子亦猶男子慕婦人聖人存之者著徵舒君臣
之分雖惡母子之義甚正也

株林二章

胡爲乎株林從夏南匪適株林從夏南
何爲往株林與夏南相從非往株林與夏南相從
也當是往株林也數而同夏南也頻故人疑之蓋
有與徵舒適野通謀者知人有覺而詭言之非之
株林之他所也非同夏南同他人也意謂此言可
以欺人而不知已覺也靈公之弒不自似女似君
之時葢已久也
駕我乘馬說于株野乘我乘駒朝食于株
人猶初意其非眞之株也跡其所往則之株也當

是有覺者陰察而不肯發亦嫉靈公孔寧儀行父之事未必不幸其與戕而成事也

聞音曰南尼心切馬滿補切野上與切

聞跡曰毛氏株林夏氏邑也此特以意推之朝食甚近也當是林巒蔽密之所所謂謀于野者也

總聞曰靈公夏姬之事固有而此詩止曰夏南夏南者徵舒也孔氏婦人夫死從子故以夏南言之識者更詳

澤陂三章

彼澤之陂有蒲與荷有美一人傷如之何寤寐無爲涕泗滂沱

有美一人恐謂洩冶洩冶于孔寧儀行父雖不甚遜于靈公可謂甚忠已死將如之何痛其亾欲其存也

彼澤之陂有蒲與蕑有美一人碩大且卷寤寐無爲中心悁悁

彼澤之陂有蒲菡萏有美一人碩大且儼寤寐無爲輾轉伏枕

寤寐無爲言終夕無可爲者惟恐傷而已

聞音曰卷其員切悁烏元切萏徒敢切枕知鴆切

聞物曰鄭氏以蕑作蓮恐是三章皆同類同時之物蕑蘭也生陸生春皆不同

總聞曰每章必舉二物初章蒲荷次章蒲蓮三章蒲菡萏殆是孔寧儀行父所謂二子者也二子得地得時競秀爭妍而洩冶亾矣彼二子之美不若洩冶之美二子之美美于男女洩冶之美美于君臣孔子益亦憐之曰民之多辟無自立辟靈公君臣固邪僻也洩冶又自與立邪僻言揭而揚之也爲洩冶者陰爲之術可也此孔子之意也杜氏以上辟邪也下辟法也一字不應作兩義并載于此

檜風

羔裘三章

羔裘逍遙狐裘以朝豈不爾思勞心忉忉

羔裘者當是人所敬而去狐裘者當是人所鄙而留去者人情非不思而不能留當是有所不可言而弗得已者徒憂勞傷悼而不能已也

羔裘翺翔狐裘在堂豈不爾思我心憂傷

羔裘如膏日出有曜豈不爾思中心是悼

至此不言狐裘惟專思羔裘而已他人不暇及也

聞音曰膏古報切

聞人曰史伯曰濟洛河潁之間子男之國虢檜爲大恃勢與險崇侈貪冒序者遂以羔裘而歸諸君之好潔以隰有萇楚而歸諸君之淫恣又檜君少見故不能如他詩指名某公某侯而大概稱君使當時知其的必得其人以是知未必有傳特附合而增加者也無所附合故無所增加作序者亦未爲博極也

總聞曰或其君不可服事或其徒不可同處不去則有不測之憂雖去亦終有不免之患不然何國人忉忉勞心增而爲憂傷又增而爲悼也度逍遥

翺翔者必與以朝在堂者異趣彼在位而此在野人情不無過慮其賢可愛如此

素冠三章

庶見素冠兮棘人欒欒兮勞心慱慱兮

當是在位之賢宅憂而國事無人任之所以急欲挽之也

庶見素衣兮我心傷悲兮聊與子同歸兮

庶見素韠兮我心蘊結兮聊與子如一兮

聞音曰結激質切從吉以吉取聲說文多用此荀氏治復一修之吉君子執之心如結

聞訓曰欒欒轉旋不安貌慱慱鬱結不舒貌
聞事曰喪制人之變所惡見而諱言者也今欲同
歸如一而如一尢不美非人情也語勢亦不如此
總聞曰同歸者欲與偕歸都也如一者欲與均任
事也必其徒相挽益以國人所欲也

隰有萇楚三章

隰有萇楚猗儺其枝夭之沃沃樂子之無知
萇楚羊桃也雖卑瑣亦可咲何必珍奇也婦但求
淑不必求豔夭佁也沃澤也此非所以成人家道
並人壽考故以無知無家無室爲樂言不若無此

則無他憂有此必可憂也
隰有萇楚猗儺其華夭之沃沃樂子之無家
隰有萇楚猗儺其實夭之沃沃樂子之無室
聞物曰夭恐是桃之夭夭之夭桃雖夭夭而羊桃
亦猗儺益自可觀不可見鄙均是桃也夭夭家桃
猗儺野桃詩人指辭發興皆相似但彼以有室家
爲宜此以無室家爲樂爾當是風俗有異故人情
亦殊也
總聞曰無家無室人道之大關無知人生之大患
細推無家無室雖此欲不遂而此念不斷不若無

知之爲安樂長久也
匪風三章
匪風發兮匪車偈兮顧瞻周道中心怛兮
當是在塗乘車而遇風有感者也風中在車上最
不安西北人畏之王氏曰是非古之風也發發者
是非古之車也偈偈者盜傷之也傳詩者租之發
發飄風非有道之風偈偈疾驅非有道之車釋詩
者又租之今之發發者非古有道之風也今之偈
偈者非古有道之車也此學之傳古詩殆廢如此
說甚佳施于此詩人情物態之間有所未合非風

飄忽使我不安也非車馳疾使我不安也但顧趨
周之路而傷心爾言西周之地爲秦所據也
匪風飄兮匪車嘌兮顧瞻周道中心弔兮
誰能亨魚溉之釜鬵誰將西歸懷之好音
安得烹魚滌釜言志不在食也誰將西適攜此懷
寄好音欲西周之人知人情不忘舊壤也
聞音曰飄匹妙切嘌匹妙切鬵徐心切
聞用曰鬵亦釜屬似甑鬵文象形
總文曰當是關中之人爲山東之客者其知友送
歸以此寄懷輸情殆賢者也詩言周道甚多皆謂

西也人情不忘西如此豈非千餘年習熟之人二三聖人陶染之深雖遠忘邪如有用我者吾其為東周乎聖人此情蓋天下同情也

曹風

蜉蝣三章

蜉蝣之羽衣裳楚楚心之憂矣於我歸處

言蜉蝣之整其羽似小人之治其衣裳疾之之辭也（案此句依本書之例似衍之字觀下候人注益明）言蜉蝣其生能幾豈不可憂若欲免禍不若即我所歸而處欲其退匿休閒少避衆怨也此君子憐小人而欲安其餘生也當是此君子與此小人必有親情或有舊分故為之謀如此亦長者存心也

蜉蝣之翼采采衣服心之憂矣於我歸息

蜉蝣掘閱麻衣如雪心之憂矣於我歸說

掘閱挑撥貌管子曰掘閱得玉恐當時常談如此言小人意氣發揚也說猶舍息也音雖取叶義則故存此與召伯所說之說同但叶有異也

聞音曰服蒲北切說欲雪切

聞物曰蜉蝣亦曰渠略多生溝渠水上纔生即死故曰蜉蝣又曰渠略

總聞曰此必在野之君子也以已所處爲避患

候人四章

彼候人兮何戈與祋彼其之子三百赤芾

候人道路之官也之子朝廷之官也戈祋扈衛而赤芾陪從又赤芾如此其多足見其人之勢盛也

維鵜在梁不濡其翼彼其之子不稱其服

維鵜在梁不濡其咮彼其之子不遂其媾

薈兮蔚兮南山朝隮婉兮孌兮季女斯飢

當是小人盛服以迎婦者也國人見鵜則曰鵜已飽而在梁不復浸水求魚也言小人雖飫樂如此

願不勝其衣欲其病也願不成其婚欲其判也疾之辭也見山雲則曰山木茂而雲氣升言小人雖振盛如此而其家有未嫁之幼女無養而抱飢者也言忍而無親也亦疾之辭也

聞音曰祋都外切芾甫味切芾韠也集韻亦作市作韍作芾皆分物切去韻亦有芾小也市草木也皆博蓋切雖當從分物而祋說文引詩何戈與祋鄭氏雖引詩何戈與祋以祋爲綴集韻皆都外切芾當用去韻世用此多叶分律蓋用蔽芨吳氏所疑亦似過也服蒲北切

總聞曰鵜梁南山皆候人迎送之路所見者也旁觀必有不平之心故有不堪之辭

鳲鳩四章

鳲鳩在桑其子七兮淑人君子其儀一兮其儀一兮心如結兮

此言夫婦皆得美于國人也淑人婦也君子夫也其儀旣一而不變其心亦固而不解蓋夫婦相得也

鳲鳩在桑其子在梅淑人君子其帶伊絲其帶伊絲其弁伊騏

鳲鳩在桑其子在棘淑人君子其儀不忒其儀不忒正是四國

鳲鳩在桑其子在榛淑人君子正是國人正是國人胡不萬年

當是國君壽詩正是四國胡不萬年皆譽上之辭

聞音曰結激質切絲新齎切國越逼切年彌因切

聞字曰絲婦之帶騏夫之弁也說文騏作琪字轉

聞物曰俗傳惟鳩育子多亾數初亦未信家居近山木試探數巢果然禽獸一鳥曰隹二鳥曰雔三鳥曰朋四鳥曰乘五鳥曰雇六鳥曰鶂七鳥曰鳦

八鳥曰鸞九鳥曰鳩十鳥曰鶻今鳲鳩七子并夫婦爲九故其字從九古傳儻細推自見彼亦不徒然也

總聞曰鳲鳩之子可數同在桑未離巢也在梅在棘在榛則其子長成而分飛他樹矣此春夏之交當是淑人君子成昏之時也

下泉四章

洌彼下泉浸彼苞稂愾我寤歎念彼周京

稂蕭蓍皆陸草陸草遇水則悴此必當時濤水泛溢人情不安也三章皆言周京京周京師專爲在

都不指他所此必曹人之在林野者故皆及泉言洌泉之深者也言下地之卑者也言稂蕭蓍皆野植也如此而有念王都之心憂人主之意其爲不遇之君子審也語勢亦非常人之辭

洌彼下泉浸彼苞蕭愾我寤歎念彼京周

洌彼下泉浸彼苞蓍愾我寤歎念彼京師

芃芃黍苗陰雨膏之四國有王郇伯勞之

陸草畏水田禾喜水當是初夏大雨漲水盛夏反無也故陸草田禾皆病思盛時雨澤適時葢謂上有文王下有郇伯之時也郇伯文王之子也昔時

上有文王下有郇伯當時氣候皆正雨澤皆調蓋
君臣皆良故天人相應也傷今皆無
叶音曰京居良切蕭疎鳩切師霜夷切膏古報切
勞力報切
聞跡曰郇伯所封在猗氏縣
總聞曰易林下泉苞稂十年無王郇伯遇時憂念
周京正引此詩當是厲王在彘之時凡十五年十
年無王豈非此際也邪言郇伯遇時今有如郇伯
者而于時不遇但憂念周京而已作此詩者必斯
人也

詩總聞卷七

後學 王簡 校訂

詩總聞卷八

宋 王質 譔

豳風

七月十章

七月流火九月授衣一之日觱發二之日栗烈無衣無褐何以卒歲三之日于耜四之日舉趾同我婦子饁彼南畝田畯至喜

此野田農民酬酢往復之辭故參雜無次序大率七月至九月一歲之食已畢一冬之衣又辦相與各道其生業指時指物不一而足卒之躋堂稱壽

以答上也民或言曰自七月有寒之漸九月寒事當辦無以授衣何以卒歲歲既卒陽已深則于耜舉趾饁田以次而至也

七月流火九月授衣春日載陽有鳴倉庚女執懿筐遵彼微行爰求柔桑春日遲遲采蘩祁祁女心傷悲殆及公子同歸

民又或言曰自七月變候九月卒歲之計已備春來男已不可離田女當采桑育蠶男女各分職也女見物變覺年長所以傷悲人常情也公子適野勞田者也女與同歸喜觀公子之儀容徒御隨其

後而還也

七月流火八月萑葦蠶月條桑取彼斧斨以伐遠揚猗彼女桑

民又或言曰自七月萑葦將成八月可采儲蠶薄待蠶月時至則采桑從事也條桑南人謂之梯桑批桑北人謂之穿桑采桑止取葉不伐條也正月以後卽爲將近蠶月也

七月鳴鵙八月載績載玄載黃我朱孔陽爲公子裳

民又或言曰自七月有麻事之漸八月可績以奉公子爲先併絲麻而結于此章也染采必向陽藉日色也今染人猶然

四月秀葽五月鳴蜩八月其穫十月隕蘀一之日于貉取彼狐狸爲公子裘二之日其同載纘武功言私其豵獻豜于公

民又或言曰自四月五月有稼事之漸八月可刈十月天寒葉彫可趣野事之時仲冬始出季冬再出過是則春野事休田事起西北非皮不可禦寒褐布皆不足當之小民以羊豕等皮案以當作衣故曰取狐狸爲公子之裘所自用者豵之類也野豕一歲爲豵言皮薄也三歲爲豜言皮厚也野豕多得

稚者力弱易制也少得大者力健難獲也以得難
者奉上也
五月斯螽動股六月莎雞振羽七月在野八月在宇
九月在戶十月蟋蟀入我牀下穹窒熏鼠塞向墐戶
嗟我婦子曰爲改歲入此室處
民又或言曰自五月一陰之生更六月至十月而
陰氣已盛穹窒熏鼠塞向墐戶將改歲而入此避
之也螽莎雞蟋蟀皆類蝗螽今蚱蜢莎雞今促織
蟋蟀亦促織但促織聲如云西西蟋蟀聲如云習
習尋詩既莎雞蟋蟀同種則螽當亦是同種或螽
所化未可知俗言蚱蜢食蠅乃化蟋蟀識者更詳
六月食鬱及薁七月亨葵及菽八月剝棗十月穫稻
爲此春酒以介眉壽
民又或言曰自六月鬱薁可食其他以次而有十
月初寒可以釀酒之時穫當作蒦浸米爲醪也春
酒冬釀而春成非春始爲也毛氏凍釀今臘醅也
七月食瓜八月斷壺九月叔苴采荼薪樗食我農夫
民又或言曰自七月又有瓜可食以至苦菜皆可
烹飪以勞苦之農夫也毛氏叔拾也如此則當
爲俶案俶無拾訓疑有誤

九月築場圃十月納禾稼黍稷重穋禾麻菽麥嗟我農夫我稼既同上入執宮功晝爾于茅宵爾索綯亟其乘屋其始播百穀二之日鑿冰沖沖三之日納于凌陰四之日其蚤獻羔祭韭

場圃植果蓏之地擣亡之使堅恐果蓏之株爲風所拔也納入也今輸官猶有此稱納禾入官禾倉納冰八官冰室幽俗愛君親上故遇事先公後私絲麻狐狸先獻公黍稷重穋禾麻菽麥先納公以至官功皆先于乘屋其末則朋酒殺羊而獻公堂幽俗如此美也上今赴役猶有此稱執今作役猶有

此稱自十月而輸官之物皆足總禾麥而結之此章也此詩涉民甚切故多凡談但久遠無由盡曉西北小民多茅屋將寒則采茅絞索繫之不爾大風輒卷去今猶如此謂之蛇腸言索如蛇也苡種節後始播種又以四月結之也冰最在後非民事也以二月結之自此以後須冰刷冰民不須也

九月肅霜十月滌場朋酒斯饗曰殺羔羊躋彼公堂稱彼兕觥萬壽無疆

滌猶言刷秋冰用盡則刷冰室以待來年之藏冬禾收盡則滌禾場以待來年之扑今人猶言洗廚

言收之盡也滌場同意朋酒饗酒也饗酒羔羊升公子之堂獻公子之壽一歲之事畢也禮籥章掌土鼓豳籥中春晝擊土鼓歈豳詩鄭氏豳風七月也鄭氏自七月流火九月授衣至殆及公子同歸爲豳風國祈年于田祖歈豳雅擊土鼓以樂田畯鄭氏豳雅亦七月也鄭氏自七月流火八月萑葦至以介眉壽爲豳雅國祭蜡則歈豳頌擊土鼓以息老物鄭氏豳頌亦七月也鄭氏自七月食瓜八月斷壺至萬壽無疆爲豳頌不知如何分一詩作三種禮瞽矇諷誦詩世奠繫案擊爲繫之誤然觀下文云奠鼓也擊鐘也豈王氏所見本異邪未詳鼓琴瑟諷誦也詩也各有聲也此二聲四器也先諷其辭而後入鼓鐘奠鼓也擊鐘也世叟長也又入琴瑟籥章所謂豳詩以鼓鐘琴瑟之聲合籥也禮笙師歈竽笙塤籥簫篪篴管舂牘應雅此十二器也籥章所謂豳雅以雅器之聲合籥也禮眡瞭播鼗擊頌磬笙磬此四器也籥章所謂豳頌以頌器之聲合籥也禮諸器諸聲亦在和之所謂凡爲樂器以十有二律爲之數度以十有二聲爲之齊量凡和樂亦如之故逆暑迎寒祈年祭蜡皆用七月特以器和聲有不同爾大率樂非

一器所能合非一聲所能和今此土鼓豳籥爲主鄭氏豳籥豳人吹籥之聲章引禮土鼓蕢桴葦籥伊耆氏之樂此亦有之此蓋豳地之樂也豳詩豳歌曲也豳雅豳頌皆豳樂器也合籥而吹之不同擊鼓而節之則同也

聞音曰火虎隗切衣魚紀切發方吠切烈力制切褐許旣切畝滿罪切庚古郎切行戸郎切裘渠之切野上與切戸後五切下後五切瓜攻乎切稼古護切穋六直切麥訖力切陰於容切韭已小切饗虚良切餅姑黄切吳氏此詩每句用韻誠然有不可叶者惟曰爲改歲嗟我農夫若用許氏之法亦可歲從示可以示取音叶子夫從工可以工取音（案說文歲從步戌聲夫從一大本書多有不用許義者蓋沿字說之誤）叶同旣不在韻亦不必徒使以卑見忽古人者空騰口也恐是當時音調又不可不知

聞跡曰豳自七月以下皆周公之詩而繫豳周公生于豳岐之閒陶染西俗習慣西音蓋千餘年風氣所傳雖聖人烏能變也當是此詩皆豳音人豳樂鄭氏所謂豳人歈籥之聲章是也古音久絶後人不曉孔子所以繫豳蓋有自然之趣初亦何心

非若後人強爲穿鑿曲生辭說也會成九年晉侯見楚囚鍾儀使與之琴操南音今西音不知與古音何如西人吐語殺辭必曰斯又若蘇此詩恩斯勤斯鬻子之閔斯破斧哀我人斯亦可想見其風俗也

鴟鴞四章 館本案鴟鴞四章原本僅存總聞一條餘皆缺

鴟鴞鴟鴞既取我子無毁我室恩斯勤斯鬻子之閔斯

迨天之未陰雨徹彼桑土綢繆牖戶今女下民或敢侮予

予手拮据予所捋荼予所蓄租予口卒瘏曰予未有室家

予羽譙譙予尾翛翛予室翹翹風雨所漂搖予維音嘵嘵

總聞曰鴟鴞謂管蔡也子謂伯禽也室謂成周也當是周公在東伯禽在西父子隔絕有不相保之勢言我子猶可王室爲重憂王室將危也下民商徐奄淮夷也乘管蔡之流言敢見侮而相挻爲辭室家亦成周也言武王克商二年而病五年而喪享國日淺初基未固故曰未有有當如克有常憲

之有有請已之有言未保也大率欲以哀苦爲之感動成王其初欲請而未敢其卒乃悔而至泣此詩不爲無助也

東山四章

我徂東山慆慆不歸我來自東零雨其濛我東曰歸我心西悲制彼裳衣勿士行枚蜎蜎者蠋烝在桑野敦彼獨宿亦在車下

徂東往也來自東來也此其夫來歸與其妻相見敘相別之狀道相見之情也王氏征夫懷親戚離獨無此情（案王粲從軍詩獨作能此作戀）昔人從公旦一徂輒三

齡此皆夫辭言寄征衣而不達也不知在士之中第幾行第幾枚也外事不與內通故不達也蠋桑蟲也桑生葉則有蟲如蠶而小春時也我獨宿在車下但見桑蟲不見妻也

我徂東山慆慆不歸我來自東零雨其濛果臝之實亦施于宇伊威在室蠨蛸在戶町畽鹿場熠燿宵行不可畏也伊可懷也

果臝栝樓也其實及宇夏時也想女在家果臝伊威蠨蛸其寂如此我在野亦止見鹿場螢火不見妻也故不及宇及室及戶而言場鹿宿則相環外

向猶如戰場盡夜行所見鄭氏此五物去家無人則然甚隹但上三物當施于內下二物當施于外則語意皆順也

我徂東山慆慆不歸我來自東零雨其濛鸛鳴于垤婦歎于室灑埽穹窒我征聿至有敦瓜苦烝在栗薪自我不見于今三年

瓜白瓜也近蔕帶苦秋時也穹窒坑也西北人非此不可以寢冬時也想女聞鸛鳴則憂我在外而苦雨也灑埽所臥之坑待我至儲瓜儲栗儲薪凡皆待我也

我徂東山慆慆不歸我來自東零雨其濛倉庚于飛熠燿其羽之子于歸皇駁其馬親結其縭九十其儀其新孔嘉其舊如之何

倉庚黃栗留也又春時也見此春鳥追思乘馬親迎結縭相合之時新相見之情與舊相處之情孰優戲之辭也

聞音曰上四句每章爲起辭上二句不用韻下二句乃用韻吳氏以爲未詳山西人呼曰師又若曰沙今猶有此音山歸未嘗不叶也野上與切下後五切戶後五切行戶郎切畏於非切懷胡畏切垤

他一切窒陂致切年彌因切馬滿補切嘉居禾切
聞物曰蠨氏果蠃螵蛸蛬請草與蟲獸不當相雜也上章言烝蠋下章言鸛瓜栗薪草木與蟲獸而相雜言之小宛螟蠃負之皆從蟲此皆從果毛氏亘是

聞跡曰詩自七月而下所繫周公之詩鴟鴞因已畧言之今又載于此周公東征必皆豳岐生長諳慣之人其人作豳樂歌豳曲夫又何怪項氏有楚其在垓下也聞漢軍四面皆楚歌曰漢皆已得楚乎是何楚人多也葢漢高部曲皆關中調發之人秦人而有楚歌此項氏所以悲歌忼慨也力拔山兮氣葢世時不利兮騅不逝騅不逝兮可柰何虞兮虞兮柰若何自今觀之四句如今古詩哀泣何由而生而死何由而決也舉此以明東山葢圃人從軍爲歌者人諷其辭已足以感人何況其聲惜人不得聞且不攷也

總聞曰書稱二年詩稱三年尋詩再及春一及夏一及秋一及冬歷五時也當是二年始定三年乃歸據皇極經世丙戌東征戊子厎平則是三年也詩書所言自不相礙

破斧三章

既破我斧又缺我斨周公東征四國是皇哀我人斯亦孔之將

既又言見害不已也小人雖極力而不害周公之大不害周公之嘉不害周公之休皇張也吪動也遒聚也有識知其無能爲而終以爲哀者恐不幸而噬其機也既而自解周公甚大甚嘉甚休豈能傷也

既破我斧又缺我錡周公東征四國是吪哀我人斯亦孔之嘉

既破我斧又缺我銶周公東征四國是遒哀我人斯亦孔之休

聞音曰錡於何切嘉居禾切

聞事曰古專征杖鉞黃金飾斧書左杖黃鉞又有大鉞在左者秉之小鉞在右者秉之後世雖執國之臣止假黃鉞亦未敢當多辭葢黃鉞卽君權也不知此行或是黃鉞或是大鉞司馬氏武王殺紂周公把大鉞召公把小鉞以夾武王此行當是黃鉞其位既尊其勢又重于往時也

總聞曰毛氏四國管蔡商奄此當是三監同亂諸

邦並騷所謂有大艱于西土西土人亦不靜人情見天下之變如此周公之危如此故以爲危也

伐柯二章

伐柯如何匪斧不克取妻如何匪媒不得

伐柯當以斧害周公當如此去之取妻當以媒來周公當如此致之皆所以感動成王也

伐柯伐柯其則不遠我覯之子籩豆有踐

管蔡之徒必有尙在成王之側者故曰不遠周公所以未還者爲是故也去是則見周公而致禮逼情斯有日矣

聞音曰踐慈演切

總聞曰害周公者固不爲少而知周公者亦不爲不多成王之明而又有賢者以感悟之此天所以相周也攷書二公召公太公也諸史百執事莫知主名諸人一信一噫二語移成王之心流成王之涕而天又動威于雷風禾木之間文武之澤深矣此詩當是諸史百執事之徒所作願爲媒者也詞馬氏以雷風之事在周公既卒之後葢以昔公勤勞王家認昔爲古凡隔宿卽爲昔何論存亡其中明言惟朕小子其親迎我國家禮亦宜之不應以

十年之後事相聯成文而又意勢相貫決不在十年之後也司馬氏恐非據皇極經世周公東征以丙戌沒以丙申併載于此

九罭四章

九罭之魚鱒魴我覯之子袞衣繡裳

鴻飛遵渚公歸無所於女信處

鴻飛遵陸公歸不復於女信宿

皆周公歸塗所見之物也魚遊近罭鴻飛近渚近陸皆危地也公歸恐復陷讒不能免也國人憂周公而未孚成王故欲且留再宿以觀其變女衆人共推爲可留之所也

是以有袞衣兮無以我公歸兮無使我心悲兮

雖此有所逆之服然不可歸恐墮其計也國人憂疑之心如此懲已往不能保將來也

聞句曰舊一章四句三章三句今爲各三句九罭之魚不斷

總聞曰鄭氏是東都也東都欲留周公爲君謂成王所賚來袞衣願其封公于此以袞衣命留之無以公西歸此說極有理東都爲周公之計則甚精也初欲少留以觀事變又欲終留以奠別都若爾

則不利孺子之讒乃驗周公之心上通乎天下通乎地當是武王遘厲以成王託周公故曰是有丕子之責于天蓋已屬後事也其後南面負扆之事雖以爲疑然不必疑也聖人不事形迹如後世之肺腸大誥之作正危疑洶湧之時亦以王命告天下東征西歸又十年乃浸天下康平國勢奠安若使周公避嫌遠疑如常情所存則非所謂出乎其類拔乎其萃者也併載于此

狼跋二章

狼跋其胡載疐其尾公孫碩膚赤舄几几

狼疐其尾載跋其胡公孫碩膚德音不瑕

狼進則跋其胡退則疐其尾此與周公異意之人所露之狀也周公尚留未歸已歸未至朝廷必有踧踖者成王亦爲之遲疑也周公以大包之以美和之故居上公之位安而保聖人之德全也

聞音曰瑕洪孤切善哉吳氏之說曰載籍所傳自三代而下以至于今一字之聲無慮數變秦漢以前凡從叚者在平則讀如胡或自胡而孳在側則讀如護或自護而孳魏晉之間在平則讀如何或自何而孳在側則讀如賀或自賀而孳齊梁之後

在平則讀爲胡加切在側則讀爲胡駕切亦或自二音而孳自胡而爲何自何而爲遐自護而爲賀自賀而爲下其聲音之變如此至其所以變則不得而知而魏晉以前或兼用後世之音至後世既變之後古音之存者蓋蔑矣今以一二明之左氏傳宋野人之歌曰既定爾婁豬盍歸我艾豭此以豭爲胡也楚辭遠遊漱正陽而含朝霞精神入而麤氣除司馬相如大人賦回車朅來兮會食幽都吸沆瀣兮餐朝霞此以霞爲胡也楚辭招魂瓊轂錯衡英華假茝蘭桂樹鬱彌路又曰結撰至思蘭芳假人有所極同心賦此以假爲護也張衡館本案此

下原本缺

狠比周公如以鴟鴞比成王也此等當易

聞人曰公孫周公公季之孫也初止稱公季後乃稱王季此詩止襲前稱大率公子公孫皆實語

總聞曰此必逆周公之使者行道所見也詩人未有無故而興辭觸物吐情此非以狠而誚其人也

詩總聞卷八

後學 王簡 校訂

詩總聞卷九

宋 王 質 譔

雅

聞雅一

雅樂歌名也雅有大雅小雅見于季子所觀猶之可也南山有臺之類豈不大而入小洞酌之類豈不小而入大姑猶之可也既彊以爲風有正風變風又彊以爲雅有正雅變雅前人所言以事之美惡分正變以辭之繁簡別大小既立此法則古詩必有更張移易者細推季子所觀小雅有美惡大雅有美無惡小雅美哉思而不貳怨而不言其周德之衰乎猶有先王之遺民焉杜氏以爲遺民者商王餘俗故未大衰爾乃周德之盛非周德之衰也故此成康以下者皆是也大雅廣哉熙熙乎曲而有直體其文王之德乎杜氏以爲雅者詠盛德形容但歌其正不歌其變衰爾則小雅亦正雅何以反衰故此穆夷以上者皆是也更改移易斷無可疑者風亦有之如何彼穠矣之類明爲王姬下嫁齊侯之詩是也姑存以待識者

聞雅二

雅大小諸篇據序正雅及后稷及公劉及太王及王季及文王及武王及成王及宣王凡其上世之賢君無有不及變雅止及幽厲而不及他王自厲王以上有昭王穆王共王懿王孝王夷王其詩無可復見至幽厲之無干涉者則以爲思古思古不思文王而專思武王不思康王而專思成王皆不可曉恐其間或臣或民或男或女者不專一人嘗之子貢曰紂之不善不如是之甚也是以君子惡居下流天下之惡皆歸焉然既爲此學當不愧于天不怍于人不可承流言爲實說使爲惡而苟免

者何幸非已而妄受者何冤且如無將大車悔將小人小明悔仕亂世小人亂世豈非爲君之罪而不以幽王爲刺何也采菽婦人怨曠瓠葉士大夫饔飧微薄何預于人君而乃以幽王爲刺何也且如漸漸之石以征役久病而作苕之華以師旅並起而作何草不黄亦以用兵不息而作而前後兩詩皆刺幽王中一詩不刺幽王何也瞻卬召旻皆凡伯刺幽王大壞一稱昊天一稱旻天獨以旻爲閔小旻又不以爲閔何也節南山正月十月之交雨無正小旻小宛序皆刺幽王而毛氏以二詩爲

刺幽王四詩爲刺厲王何也序者如此釋者如此
皆所不曉也

閒雅三

漢晉以下有迎享送神曲皆用諸大神後世亦施諸小神今攷楚茨自楚楚者茨一章濟濟蹌蹌一章迎神也執爨踖踖一章我孔熯矣一章享神也禮儀既備一章樂具入奏一章送神也又有夕牲引牲歌夕牲視牲也引牲陳牲也今攷信南山恐是此歌甫田大田皆是饗神之曲後世有藉田迎享送神歌大社及先農迎享送神歌必有自來或

曰頌告神之詩雅非告神之詩特詠事之詩也自梁定國樂並以雅爲稱衆官出入奏俊雅皇帝出入奏皇雅太子出入奏徹雅王公出入奏賓雅上壽酒奏介雅食舉奏需雅徹饌奏雍雅牲出入奏滌雅薦毛血奏牲雅降神及迎送奏誠雅皇帝飮福酒奏獻雅燎埋奏禋雅今楚茨信南山大田甫田畧見而楚茨爲詳後世有飮福徹俎今楚茨末章亦具所謂禮儀既備也

閒雅四

古曲不傳于後世而三國六朝之間尙或有之漢

有殿中食舉七曲太樂食舉十三曲魏有四曲皆取鹿鳴而魏曲又增騶虞伐檀文王皆古聲辭後改騶虞伐檀文王三曲更自作聲節其名雖同而聲實異惟鹿鳴獨存後又改第一曰於赫與古鹿鳴同第二曰巍巍用後所改騶虞聲第三曰洋洋用後所改文王聲第四曰日復復用鹿鳴聲不用伐檀聲也且以四詩推之則其存尚見于此今觀於赫與鹿鳴繁簡長短不同不知何由用其聲世傳桑景舒聞虞美人曲能動虞美人草以爲此吳音也別製一闋與虞美人曲迥絕而草亦動恐或

有之自晉宋以來食舉謂之四廂歌此鹿鳴所謂人之好我示我周行也古列位左右前後分置所謂輔弼疑丞是也自後謂之四廂食舉猶存其名後又謂之東西廂歌漸廢四廂之制而至今軍職猶存四廂之名然皆虛稱也大率古朝禮與軍禮相埒軍禮左右前後而尊者處中朝禮亦然今軍職則故軍儀亦故朝儀也其他未易可推惟食舉以鹿鳴之辭又以魏晉之號畧見古燕饗之禮也

周小雅

鹿鳴二章

呦呦鹿鳴食野之苹我有嘉賓鼓瑟吹笙吹笙鼓簧
承筐是將人之好我示我周行

當是閭閻之間與臣之高尊者燕樂卽所見起興
嘉賓非凡臣也

呦呦鹿鳴食野之蒿我有嘉賓德音孔昭視民不恌
君子是則是傚我有旨酒嘉賓式燕以敖

此章獨不及樂蓋與尊言通情所謂德音也前後
皆禮飲其中蓋從容款曲酬酢凡庭樂作則人語
當止人語交則庭樂當息

呦呦鹿鳴食野之芩我有嘉賓鼓瑟鼓琴鼓瑟鼓琴

和樂且湛我有旨酒以燕樂嘉賓之心

聞音曰行戶郎切傚古交切集韻效傚効通作爻
又爻子謂放效也作交兩音皆可用吳氏不必專
用交大率吳氏不定從一謂去古既遠苟叶則皆
可也湛持林切

總聞曰鄭氏示作寘蓋以卷耳寘彼周行易之視
古示字也古無示字示作爪不從目者使人觀也
從目者自我觀也皆有所示也賓之與我相好使
列位觀之賓之德音甚明視下民觀之皆民見而
不敢爲偷君子見而欲有所似也此臣必國之所

推衆之所服故人君表出以風厲也少年試武昌
遇鄉人賣姓忩名曰勉旃俟中選當歌鹿鳴送女
趣使先歌即取簫吹之其聲舒緩全無高急音呦
呦作兩聲甚久下或一字或兩字或三字一轉末
必有四字者其人少知書喜音律遭亂從軍後莫
知所在惜是時年方十六歲未知好古不究所以
今併載于此

四牡五章

四牡騑騑周道倭遲豈不懷歸王事靡盬我心傷悲
豈不懷歸詩多有此辭悲情之中有愿意臣子之

義兼全也

四牡騑騑嘽嘽駱馬豈不懷歸王事靡盬不遑啟處
不遑啟處詩亦多有此辭與豈不懷歸同情二句
合在一章尤動人

翩翩者鵻載飛載下集于苞栩王事靡盬不遑將父

翩翩者鵻載飛載止集于苞杞王事靡盬不遑將母

駕彼四駱載驟駸駸豈不懷歸是用作歌將母來諗
聞音曰馬滿補切下後五切母滿罪切諗式荏切
旁紐作氏任切叶駸
聞物曰鵻鵓鳩也南人呼為鵓鵻行役當在春時

總聞曰古者重于以身臣人身非我有也雖父母不得養之載驟駸駸亟欲畢王事也將母來諗以養母告欲君休官歸家也父男子猶能自力母婦人必待人而後養故人子尤所動心將父者一而將母者再也古風至西漢猶存官吏以府寺爲舍十日一休沐以所居之官爲家而其家卽相判也不獨行役雖居官守亦與其家成疏故詩多有父子及夫婦相懷之辭

皇皇者華五章

皇皇者華于彼原隰駪駪征夫每懷靡及

征夫皆有靡及之心則爲使者惟恐不及可見上忠勤則下奮勵也

我馬維駒六轡如濡載馳載驅周爰咨諏

周徧也不必以爲忠信左氏亦未嘗言忠信止曰必咨于周而毛氏以忠信爲周杜氏從之其言訪問于善爲咨咨親爲詢咨禮爲度咨事爲諏咨難爲謀臣獲五善敢不重拜不審左氏在何代是時已有此學至漢儒益盛左氏之文不及周以上裕而純過于秦以下肆而駿氣象皆古而有純駿也惟左氏似裕而有蹙迫之氣似純而有雕鐫之迹

非周以上之文也似肆而有謹嚴之法似駿而有娟美之風非秦以下之文也恐是生于戰國之時也而不染戰國之習強爲力以變俗者也左氏共知其非左丘明孔門弟子之文論語可見因載于此故以大序爲子夏孔門亦不如此殆西漢以下東漢以前其駿又甚也

我馬維騏六轡如絲載馳載驅周爰咨謀

我馬維駱六轡沃若載馳載驅周爰咨度

我馬維駰六轡既均載馳載驅周爰咨詢

聞音曰諏子須切絲新齋切謀謨柸切度待洛切

聞事曰左氏金奏肆夏之三不拜工歌文王之三又不拜歌鹿鳴之三三拜鄭氏肆夏文王鹿鳴俱稱三謂其三章也以此知肆夏詩也引國語曰金奏肆夏繁遏渠所謂三夏也呂氏肆夏繁遏渠皆周頌也肆夏時邁也繁遏執競也渠思文也鄭氏以文王鹿鳴言之則九夏皆詩篇名頌之族類也杜氏二曰肆夏一名樊三曰昭夏一名遏四曰納夏一名渠下謂三夏天子所以享元侯也此肆夏之三謂肆夏昭夏納夏良是不知繁遏渠云何王夏爲首而不及蕃遏之也杜氏又文王之三謂文

王大明緜良是鹿鳴之三謂鹿鳴四牡皇皇者華良是文王大雅之首鹿鳴小雅之首也舉其首以次至三也古者酒有三獻或五獻每一獻三樂此用三獻故舉三樂凡九樂但序者不細察以鹿鳴爲燕嘉賓以四牡爲勞使臣以皇皇者華爲遣使臣皆祖此而又失之文王既曰兩君相見之樂文王之序何不曰兩君相見也特燕禮之間舉其詩之輕重爲其禮之隆殺非某詩必爲某事也不獨此工歌而已他賦者亦然隨時取意隨意取詩以此知序者之過也

總聞曰所謂大聲不入俚耳折楊皇荂則嗑然而笑折楊逸詩皇荂則此詩是也當是流傳里閭道路之間喜爲詠歌亦可以推他詩凡風雅頌皆人間所常侑樂寫情如今大曲慢曲令曲及其他新聲異調者也頌特其體制差異則人間罕行亦有雖大樂而有別名呂氏所謂執競一曰繁遏思文一名渠別名當是人間所可用者也

常棣八章

常棣之華鄂不韡韡凡今之人莫如兄弟

不如本字鄂萼也萼無光采花有光采然萼承花

花之光采皆從蔕而生花落則蔕結爲子此花之本也當是春時見此花感同氣也兄弟國家之本凡爲上之光采因同氣而生因他氣而成也所謂

莫如

死喪之威兄弟孔懷原隰裒矣兄弟求矣

天下莫可畏于死喪莫可愛于兄弟言愛畏之極如此原隰之間鳥獸之羣尚兄弟相求故下及脊令也

脊令在原兄弟急難每有良朋況也永嘆

脊令首低尾昂首尾相應也亦當是有見興感兄弟急難相應當如此也

兄弟鬩于牆外禦其務每有良朋烝也無戎

朋友常有相愛之意其善者不過長嘆其氣盛者亦終不肯犯難施力也集韻戎通作㧝爾雅相也博雅推也言無所施力也務戎不相叶因左氏以務爲侮故說者競起左氏必已經改盇附會縣禦侮爲辭故劉氏從之又以戎爲戍相叶吳氏以務戎皆改詩之所存蔑矣遂轉務音蒙集韻雺霧霿霧皆有蒙音此說最佳雖字無雨亦通用通呼然似不必詩之取叶至不一且以此二章言之脊令

在原兄弟急難每有良朋況也永嘆四句三叶兄弟鬩于牆外禦其務就句取叶禦務是也葢其歌曲必禦字務字兩斷每有良朋烝也無戎朋作蓬音今北人多作此呼于歌曲雖不知其的于諷詠亦自有徵音其他取叶隨詩可見今畧載于此

喪亂既平既安且寧雖有兄弟不如友生

危急之時最倚兄弟爲切安平之際乃資朋友爲多何者彼各有門戸親族難仗其捐軀而救難也案驅當作軀故以危難責友生而以身許相知者皆非正也

儐爾籩豆飲酒之飫兄弟既具和樂且孺

孺屬也和樂之情則均而尊卑之屬則別也

妻子好合如鼓瑟琴兄弟既翕和樂且湛

妻子雖如琴瑟之協而兄弟亦如和樂之耽則家道全美也妻子協而兄弟睽豈得爲樂也必兄弟無他而妻子乃安葢妻子不患不協而易睽者兄弟也下文可見

宜爾室家樂爾妻孥是究是圖亶其然乎

凡人必思之深謀之盡乃見實理見則信心生也

聞音曰弟待禮切懷胡隈切難泥沿切嘆他涓切

生桑經切禮生生亦作惺惺賈氏先生先醒也後生後醒也湛持林切末以平字叶孔氏說詩大體依韻亦有卽將助語以當韻之體如此詩之類是也

聞字曰集韻侮務逼用傷也慢也左氏作侮可從然丁氏似附會務侮恐難通

聞句曰或說常棣之華鄂止句言花鄂皆不韡韡也葢以不爾爲眞爾亦有所疑王氏不韡韡言韡韡也故因疑而析句五字三字苟于古有疑而不敢強立說特就其中求合亦不害好古也

總聞曰此詩未嘗有切責深恚之辭特以情以理感悟而已左氏周公弔二叔之不咸故封建親戚以蕃屏周召穆公思周德之不類故糾合宗族于成周而作詩毛氏槩言召公杜氏以爲虎也其詩則厲王之時則諸詩未必皆作于成周之盛時也魚麗之序文武以天保以上治內采薇以下治外不無所礙故孔氏以序閔管蔡之失道故作常棣外傳周公之詩曰兄弟鬩于牆爲周公所作也陸氏鶺鴒爲詩常棣作詩變爲言作者周公之于詩其道在鶺鴒其事在常棣又畧左氏召穆公直以

爲周公其欲附合于序如此今以鴟鴞攷之其辭似非周公之作也而召穆公之作蓋亦未見杜氏厲王衰微兄弟道闕召穆公于東都收會宗族作此周公之樂歌厲而至宣宣而至幽幽而至平平王始遷東都豈有百餘年之前糾合宗族會聚東都召穆公賢者必不無君無國如此故凡左氏所載不敢不信而間亦有難信者也

伐木三章

伐木丁丁鳥鳴嚶嚶出自幽谷遷于喬木嚶其鳴矣求其友聲相彼鳥矣猶求友聲矧伊人矣不求友生神之聽之終和且平

出谷遷木毛氏以爲君子雖遷高位不可忘其朋友此意甚善鄭氏又求其尙在深谷者此意尤善用鳥意推人情古風可見神且來聽以其和平亦有感動也

伐木許許釃酒有藇既有肥羜以速諸父寧適不來微我弗顧於粲洒埽陳饋八簋既有肥牡以速諸舅寧適不來微我有咎

不來者得非我弗相顧我且有咎何爲不來責躬引愆必欲要致其來也

伐木于阪釃酒有衍籩豆有踐兄弟無遠民之失德乾餱以愆有酒湑我無酒酤我坎坎鼓我蹲蹲舞我迨我暇矣飲此湑矣

民之失德則以乾餱吾儕雖小不滿意不必介念俗謂幸見恕且盡歡也有酒則飲無酒則酤不可虛度也有鼓有舞隨所有取樂及我職事有暇共飲此酒乃所願

聞音曰丁陟耕切羜直呂切父扶雨切顧果五切埽蘇后切簋己九切舅巨有切咎巨九切阪孚彎切踐在演切愆以淺切酤候古切暇後五切

聞章曰舊六章今爲三章皆以伐木爲首辭

聞物曰嚶音罌柔細也毛氏驚懼鄭氏相切直皆恐非大率鄭氏附合求友舊說嚶音驚以爲驚相承出谷求友爲驚之事如此誤衍甚多

聞事曰禮天子同姓謂之伯父異姓謂之伯舅毛氏因諸父諸舅之辭遂以爲天子其初意甚正其後意稍違今定從初意

聞人曰諸父父黨諸舅母黨兄弟亦母黨玩辭諦意皆異姓與常棣同姓不同也

總聞曰鄭氏伐木謂昔日未居位在農之時與友

生于山巖伐木爲勤苦之事今有酒而醲之本其故也此意甚嘉但不當以爲王者識者更詳

天保六章

天保定爾亦孔之固俾爾單厚何福不除俾爾多益以莫不庶

人傳天辭如皇矣帝謂也

天保定爾俾爾戩穀罄無不宜受天百祿降爾遐福維日不足

天保定爾以莫不興如山如阜如岡如陵如川之方至以莫不增

吉蠲爲饎是用孝享禴祠烝嘗于公先王君曰卜爾萬壽無疆

君先君也總言先世諸公諸王鄭氏嘏傳神辭上下稱人以先字貫于中如小旻上下稱事以否字貫于中其語法正同

神之弔矣詒爾多福民之質矣日用飲食羣黎百姓徧爲爾德

神他神也先世之神已竟則他位之神次至弔至也詒遺也當是祝傳神辭先世有尸他神無尸

如月之恒如日之升如南山之壽不騫不崩如松柏

之茂無不爾或承

聞音曰除洽慮切享虛良切福筆力切禮福者備也備旁紐作逼古文福字多叶直極等字至唐猶然古者不獨以福字作逼字音亦以福作逼字用賈氏疏者或制大權以福天子顏氏福古逼字自後福作祜意不作逼然逼音猶在也

總聞曰此詩第一第二章道天情至再第三章天隱而不可憑則以物之大者喻之第四第五章道神情至再第六章神亦隱而不可憑則又以物之極大者喻之前七爾後四爾皆天神下辭達其君也前五如後六如皆天神指物喻其君也大率皆藉天神爲辭

采薇六章

采薇采薇薇亦作止曰歸曰歸歲亦莫止靡室靡家玁狁之故不遑啟居玁狁之故

當是將佐述離家還家之狀

采薇采薇薇亦柔止曰歸曰歸心亦憂止憂心烈烈載飢載渴我戍未定靡使歸聘

采薇采薇薇亦剛止曰歸曰歸歲亦陽止王事靡盬不遑啟處憂心孔疚我行不來

薇作春時薇柔夏時薇剛秋時冬不言者來歸也
所以下言昔我往今我來之期適滿期年也

彼爾維何維常之華彼路斯何君子之車戎車既駕
四牡業業豈敢定居一月三捷

常卽常棣也止是指物記時如前章采薇非專喻將帥車馬服飾也詩屢稱常棣之華似皆有所見也大率詩人因物起興非接于所見興無由生此再指初發之時也泰子作人當如常棣灼然光發亦因詩人棣花爲辭不必泥也當是周道春時多此物故引之一月三捷言屢勝也不必言一侵一

伐一戰爲三也

駕彼四牡四牡騤騤君子所依小人所腓四牡翼翼
象弭魚服豈不日戒玁狁孔棘

以象牙飾弓袋以鯊魚皮飾矢服今軍中猶有此制

昔我往矣楊柳依依今我來思雨雪霏霏行道遲遲
載渴載飢我心傷悲莫知我哀

既以薇茁薇稚薇壯計歲月又以棣華計時候末章明言昔我往矣楊柳依依今我來思雨雪霏霏與前章皆相應指期甚明也

聞音曰作卽各切亦總古切莫武博切亦莫故切皆逼作總古莫故尤顯渴巨列切疢訖力切來六直切華方無切服蒲北切戒訖力切哀於希切

聞事曰爾雅陽爲十月郭氏純陰用事嫌于無陽故名此恐是十一月陽生之候初章言歲莫此是豫言來歸之期後章亦然不應十月已歲莫今月令皆是周制其言歲時蚤晚悉用夏正

總聞曰禮師有功則愷樂獻于社其後號曰短簫鐃歌又其後號曰鼓吹亦謂之鐃歌鼓吹舊有艾如張遠如期之屬其後不可勝紀采薇出車六月

吉日恐是此曲

出車六章

我出我車于彼牧矣自天子所謂我來矣召彼僕夫謂之載矣王事多難維其棘矣

此行天子使之來也其詩皆以王命爲辭此亦是將佐敘離家還家之狀與采薇同

我出我車于彼郊矣設此旐矣建彼旄矣彼旟旐斯胡不旆旆憂心悄悄僕夫況瘁

此二章于牧地調民卒也言旐言旟旟州里所建旐縣鄙所建止是集衆二章皆曰僕夫亦是偏裨

之屬故使令稱僕夫也下章既言南仲遂稱旂旐
旂諸侯所建其容乃盛非前章比也
王命南仲往城于方出車彭彭旂旐央央天子命我
城彼朔方赫赫南仲玁狁于襄
南仲文王之屬也林氏南得氏宣王之時恐非此
南氏之仲子與宣王之南仲同姓且同次也今同
姓同次而不同時有之
昔我往矣黍稷方華今我來思雨雪載塗王事多難
不遑啟居豈不懷歸畏此簡書
左氏翹翹車乘招我以弓豈不欲往畏我友朋注

此逸詩句法與此相類極可玩味
喓喓草蟲趯趯阜螽未見君子憂心忡忡既見君子
我心則降赫赫南仲薄伐西戎
君子謂南仲也當是將佐之在別部而來軍前者
故有未見既見之辭
春日遲遲卉木萋萋倉庚喈喈采蘩祁祁執訊獲醜
薄言還歸赫赫南仲玁狁于夷
聞音曰牧莫狄切來六直切載節力切彭鋪郎切
華方無切降乎攻切喈居奚切
聞事曰此行在北無戰止是往戍故言城在西有

戰故言伐言執言獲

聞跡曰毛氏朔言北方也襄除也今定襄屬并州朔方亦屬并州朔方固是北方但襄除無謂

總聞曰前四章自西都往北方也夏往而冬歸故曰昔我往矣黍稷方華今我來思雨雪霏霏後四章自北方歸西都又往西方春至西都故曰喓喓草蟲趯趯阜螽未見君子憂心忡忡既見君子我心則降赫赫南仲薄伐西戎既見而又行也春歸西都故曰春日遲遲卉木萋萋倉庚喈喈采蘩祁祁執訊獲醜薄言還歸赫赫南仲玁狁于夷其去來不逾春也一歲所成併西北方之事結之

杕杜五章

有杕之杜有睆其實王事靡盬繼嗣我日日月陽止女心傷止征夫遑止

其末言杕杜與薇作同時此當是師徒之室家所敘與采薇出車同期而其人則異也其歸亦與薇剛歲陽同期

有杕之杜其葉萋萋王事靡盬我心傷悲卉木萋止女心悲止征夫歸止

前言皆以深冬而歸此詩獨至次春焉此同時差

役必有故也
陟彼北山言采其杞王事靡盬憂我父母檀車幝幝
四牡痯痯征夫不遠
杞方茁而歸不遠與卉木之萋相應登北山采杞
者征夫在北蓋有望且欲迎也
匪載匪來憂心孔疚期逝不至而多爲恤
當是以病不載則不來故後期望夫固懷憂此又
爲多蓋比同歸後期爾
卜筮偕止會言近止征夫邇止
卜也筮也合以爲近果近不踰春也古者人神相
孚卜筮可信如此
聞音曰毋滿罪切幝尺善切痯古轉切來六直切
疚訖力切偕舉里切近渠紀切
聞字曰繼嗣我日積日爲月而至于陽此句法甚
健
總聞曰不必言同歌同時異歌異日且引賜君子
小人不同日尋詩無見大率行者居者各以情見
辭非歌以遺行勞還勤歸也後用此不可知非以
此詩爲朝廷待軍旅之禮也
魚麗四章

魚麗于罶止鱨鯊君子有酒止旨且多
魚麗于罶止魴鱧君子有酒止多且旨
魚麗于罶止鰋鯉君子有酒止旨且有
物其多矣維其嘉矣物其旨矣維其偕矣物其有矣
維其時矣
聞音曰鯊蘇何切有羽軌切嘉居何切偕舉里切
時上紙切
聞章曰舊六章今爲四章文勢恐然
聞字曰麗著也讀如本字
聞用曰後有魚麗陣前後左右中五陣每一陣具

五陣大率敵人入者無不有所著今漁人置魚器
大畧如此相水道錯綜橫布之嘗使試之于地頗
類陣形
總聞曰陸氏鱨鯊之形長魴之形方鱧之形圓鰋
之形偃鯉之形俯以著萬物盛多不必如此大率
西北人重魚東南人重獸各以少爲貴也

南陔

闕

白華

闕

華黍

闕

詩總聞卷九

後學　王簡　校訂

詩總聞卷十

宋　王　質　譔

南有嘉魚四章

南有嘉魚烝然罩罩君子有酒嘉賓式燕以樂

江漢之間有魚爲嘉魚出漢中沔南今辰州鄂州皆有鄂州取以名縣其狀比常魚稍異然不必泥其名但取其美恐或是因詩取號也

南有嘉魚烝然汕汕君子有酒嘉賓式燕以衎

陸氏魚欲遊則罩之使入魚欲伏則汕之使出尋詩皆羣行自得之貌不必遺意衍情如此

南有樛木甘瓠纍之君子有酒嘉賓式燕綏之

翩翩者鵻烝然來思君子有酒嘉賓式燕又思

甘瓠甜瓠也鵻鵓鳩也皆美堪侑酒

聞音曰罩胡角切魚回斡水聲也非籠汕所諫切魚乘上來貌也非櫟二者皆取魚水之聲貌未必器也毛氏罩藿也猶可汕櫟也無謂鵻朱惟切來里之切鵻與來叶酒與又叶吳氏不必以六直伊昔作切葢有隔句而叶者如纍綏是也隨句爲叶者如鵻來酒又是也詩如此亦多

總聞曰與鹿鳴嘉賓同西北以鹿爲重其饌有熱

落河刺血入酒最珍恐是鹿鳴亦然魚鯡之屬皆燕賓侑酒者也併載于此

南山有臺五章

南山有臺北山有萊樂只君子邦家之基樂只君子萬壽無期

春夏之交草木繁茂詩人觸景生情大率占國占家皆當以氣象觀之而其氣象古人多即草木而觀阜麓皇矣之類是也周之草木氣象如此則人君聲華福壽豈有窮也所以可樂也

南山有桑北山有楊樂只君子邦家之光樂只君子萬壽無疆

南山有杞北山有李樂只君子民之父母樂只君子德音不已

南山有栲北山有杻樂只君子遐不眉壽樂只君子德音是茂

南山有枸北山有楰樂只君子遐不黃耇樂只君子保艾爾後

其遐不止眉壽黃耇而已言無窮也

聞音曰吳氏臺田飴切萊陵之切與基期相叶耇果羽切後下五切與枸楰相叶如此則五章皆叶

豈不于古有益但去古已遠苟可叶卽當已故臺
萊壽後如今音一章作兩叶臺萊一叶基期一叶
枸楰一叶壽後一叶詩此類亦多母滿補切栲去
九切

總聞曰草木固有宜山陽者有宜山陰者此詩南
北則不爲此南山山之在南者也北山山之在北
者也此言大封域也其南山北山各自有陰陽也

由庚

闕

崇丘

闕

由儀

闕

總聞曰有其義者以題推之也亾其辭者莫知其
中謂何也然序者以題推義亦有不可曉者南陔
南者夏也養也陔者戒也遂以爲孝子之戒養白
華白者潔也華者采也遂以爲孝子之潔白華黍
則以時和歲豐宜黍稷言之盍不時和歲豐則黍
無華也前三詩所謂有其義者也由庚者道也遂
以爲萬物由道崇者高也丘者大也遂以爲萬物

也高大儀者宫也遂以爲萬物得宜後三詩所謂有其義者也皆漢儒之學也前三篇鄉飲酒燕禮用之曰笙入堂下磬南北面立樂南陔白華華黍是也後三篇鄉飲酒燕禮亦用之曰乃間歌魚麗笙由庚歌南有嘉魚笙崇丘歌南山有臺笙由儀毛氏不曉笙歌而一槩觀之又引升歌鹿鳴下管新宫今鹿鳴存而新宫亾大率歌者有辭有調者也笙者管者有腔無辭者也後世間亦有如此清樂至唐猶有六十三曲未幾止存三十七曲又有上柱鳳雛平調清調瑟調平折命嘯七篇有聲無辭當是相傳有腔而已此六詩之比也甚矣序之欺後世也魚麗之序既以治內外成功告神結之不應再出三詩當是見禮工入歌鹿鳴四牡皇皇者華然後笙入樂南陔白華華黍是三詩不可雜于前三詩故于後繫之南有嘉魚南山有臺蓼蕭湛露彤弓之序方樂與賢樂得賢澤及四海燕諸侯錫有功不應以物雜于其間當是見禮工笙皆畢間歌魚麗笙由庚歌南有嘉魚笙崇丘歌南山有臺笙由儀故以三詩入南有嘉魚南山有臺之後竊意有腔無辭者聖人皆不以入詩如新宫之

類是也

蓼蕭四章

蓼彼蕭斯零露湑兮既見君子我心寫兮燕笑語兮是以有譽處兮

當是諸侯見王者燕飲至夜分露零見于蕭也

蓼彼蕭斯零露瀼瀼既見君子爲龍爲光其德不爽壽考不忘

龍指君也龍身有光耀

蓼彼蕭斯零露泥泥既見君子孔燕豈弟宜兄宜弟令德壽豈

蓼彼蕭斯零露濃濃既見君子鞗革忡忡和鸞雝雝萬福攸同

聞音曰寫舍羽切諺云書三寫魚成魯帝成虎今北人猶有此音爽師莊切泥乃禮切弟待禮切豈去幾切

總聞曰二章而下皆頌君也初章所寫之心寫此而已故下章發之此詩止于露盛禮飲也次詩至于露晞情飲也

湛露四章

湛湛露斯匪陽不晞厭厭夜飲不醉無歸

露匪陽不晞飲非醉不歸言各以曉爲止也

湛湛露斯在彼豐草厭厭夜飲在宗載考

在宗伯則校其中禮與否宗伯掌禮者也以飲食之禮親宗族兄弟以賓射之禮親故舊朋友以饗燕之禮親四方賓客君通情務盡醉臣守官務遵禮所以雖夜飲而不失令德令儀也

湛湛露斯在彼杞棘顯允君子莫不令德

杞棘有露而草已無露將欲曉也

其桐其椅其實離離豈弟君子莫不令儀

不見露而但見桐椅又其實可辨已全曉也

聞物曰陸氏杞棘剛木況德桐椅柔木況儀杞枸杞也甚柔桐梧桐也甚剛桐最宜琴材不必如此取況但覩物起興也

總聞曰草豐桐實當是春夏之時又露三月始成清明節是八月始變白露節是此詩以露爲辭其爲春夏審也

彤弓三章

彤弓弨兮受言藏之我有嘉賓中心貺之鐘鼓既設一朝饗之

彤弓弨兮受言載之我有嘉賓中心喜之鐘鼓既設

一朝右之

彤弓弨兮受言櫜之我有嘉賓中心好之鐘鼓既設

一朝醻之

聞音曰貺虛王切饗虛良切載子例切右于貴切

櫜居號切好呼報切醻大到切

聞用曰舊說彤弓不用遇征伐載以前行盧弓則

用遇征伐得用乘矢

總聞曰諸侯賜弓矢然後得專征伐此詩當是太

公或是其倫然當時越于太公者亦無恐即是太

公也平王錫晉文彤弓一彤矢百桓王用平禮其

數相同惟盧弓矢千比平數大增其他平無命服

無虎賁桓有之平有乘馬桓無之大率亦出人君

臨時錫命

菁菁者莪四章

菁菁者莪在彼中阿既見君子樂且有儀

當是諸侯朝王者經歷中阿中沚中陵菁莪其所

見者也

菁菁者莪在彼中沚既見君子我心則喜

菁菁者莪在彼中陵既見君子錫我百朋

已上皆經歷平陵之壤故言莪莪多生澤鹵沮洳

之地初生甚美可食當是緣塗遇春所茹者也末章不言我而言舟舍陵而水也

汎汎楊舟載沈載浮既見君子我心則休

當是乘航經歷洛渭之水魚沈或浮皆其見者也毛氏楊舟載沈亦沈舟豈可沈鄭氏知其不可以爲舟者沈物亦載浮物亦載諸侯航河來朝詩人覩景生興長以載爲事也以載爲事又奚足言而詩人以爲樂爲喜而且休也

總聞曰諸侯喜見王者凡經歷覽觀皆樂事賞心也大率主明時泰與主暗時否山川草木皆一等

而人情物態自兩種尋詩可見也

六月四章

六月棲棲戎車既飭四牡騤騤載是常服玁狁孔熾我是用急王于出征以匡王國比物四驪閑之維則

盛夏出師恐人有辭故曰玁狁孔熾我是用急言所以然也

維此六月既成我服我服既成于三十里王于出征以佐天子四牡脩廣其大有顒薄伐玁狁以奏膚公有嚴有翼共武之服共武之服以定王國

兩章皆言王于出征王于此送行也三十里

玁狁匪茹整居焦穫侵鎬及方至于涇陽織文鳥章白旆央央元戎十乘以先啟行（館本案是書分此詩為四章而原本玁狁匪茹下缺頁其分章不可攷今仍依注疏本補錄三章于後）

戎車既安如輊如軒四牡既佶既佶且閑薄伐玁狁至于大原文武吉甫萬邦為憲

吉甫燕喜既多受祉來歸自鎬我行永久飲御諸友炰鼈膾鯉侯誰在矣張仲孝友

聞章曰舊六章今為四章

聞事曰易林玁狁非度治兵焦穫伐鎬及方與周爭疆元戎其駕襄及夷王此則自夷王玁狁始盛玁狁在北周都在西而侵逼畿甸如此當是玁狁有北兼西始自夷王不然則是與西合從尋詩初甚危急後乃少安初非全勝也經世甲戌北伐玁狁庚午犬戎殺幽王驪山之下計五十七年司馬氏西夷犬戎同攻是則西北合從也自文武之時已見于采薇至宣王之時又見于六月其勢轉盛于前日所謂孔熾也反覆推之文武之後大盛于夷王愈于宣王宣王暫安而不能久固其末終不可救于幽王也

聞人曰張仲重臣望士不應于詩無見此尹吉甫

張仲相友如此烝民尹吉甫又爲仲山甫作誦如
此其情非他人可比也張仲恐是仲山甫遍攷姓
館本案此下原本缺

薄言采芑四章

薄言采芑于彼新田于此菑畝方叔涖止其車三千
師干之試方叔率止乘其四騏四騏翼翼路車有奭
簟茀魚服鉤膺鞗革

一乘車七十五人三千計二十二萬五千亦可謂
用大衆也不必盡周地當有侯國或調南方近蠻
荆者也

薄言采芑于彼新田于此中鄉方叔涖止其車三千
旂旐央央方叔率止約軝錯衡八鸞瑲瑲服其命服
朱芾斯皇有瑲葱珩

鴥彼飛隼其飛戾天亦集爰止方叔涖止其車三千
師干之試方叔率止鉦人伐鼓陳師鞠旅顯允方叔
伐鼓淵淵振旅闐闐

蠢爾蠻荆大邦爲讎方叔元老止克壯其猶方叔率
止執訊獲醜止戎車嘽嘽嘽嘽焞焞如霆如雷止顯
允方叔征伐玁狁蠻荆來威

方叔亦是與吉甫北伐之人六月不言者吉甫爲

師方叔佐之此行方叔爲帥併玁狁蠻荆之功結之于此詩也此詩與采薇出車同體西戎玁狁併結之也

聞音曰畝滿罪切服補北切革訖力切衡戶郎切珩戶郎切淵于巾切闐池鄰切老魯吼切焞吐雷切

聞句曰第一章三句一節六句一叶二章三章四章同舊末章作二句一節以雠叶猶不知下如何叶亦與此詩大體相差今改正

聞跡曰六月侵鎬及方鄭氏皆北方地名也鎬是周都無緣與方皆爲北方地名假使方地未詳在北亦未可知焦穫涇陽皆在密邇方何由獨遠恐是方叔封邑因以爲姓

聞人曰禮天子同姓謂之伯父異姓謂之伯舅自稱于諸侯曰天子之老方叔元老又當是年爵皆尊于其徒也

總聞曰蠻事比玁狁差緩玁狁侵雍都蠻不過荆土而已弗離其巢穴也故王師起夏向北待秋

車攻八章

我車既攻我馬既同四牡龐龐駕言徂東

田車既好四牡孔阜東有甫草駕言行狩之子于苗選徒囂囂建旐設旄搏獸于敖駕彼四牡四牡奕奕赤芾金舄會同有繹決拾既佽弓矢既調射夫既同助我舉柴四黃既駕兩驂不猗不失其馳舍矢如破蕭蕭馬鳴悠悠旆旌徒御不驚大庖不盈之子于征有聞無聲允矣君子展也大成

聞音曰好許厚切草此苟切佽子利切柴疾智切說文引此詩助我舉㧘積也或作柴其他㧘或奇寄切平義切柴或士邁切惟疾智引詩今從與佽

相叶此蓋首尾叶也駕集韻亦在家部居牙切馳集韻亦在駝部唐何切破亦當在坡部蒲禾切說文疲波坡頗跛皆以皮得聲皮當作蒲禾左氏牛則有皮犀兕尙多棄甲則那又從其有皮丹漆若何破則坡音不惟旁紐當然古音亦爾古加禾兩韻多通用如明唐兩韻亦通用吳氏女曰雞鳴加居禾切曲氏神靈篇赴曲相和余私娛兹孰哉後加張氏擊鐘鼎食連騎相過東京諸侯壯何能加若爾則駕讀作訛馳讀作駝破讀作坡蓋首中尾皆相叶也吳氏曹氏望祭四嶽燎對泰柴肅于南

郊宗祀上帝誄當用柴詩當用𢫬許氏既𢫬或作柴不必專從一字也集韻猗相附著也於寄切正引此詩破敗也披義切不引此詩恐似有意故不引賓引也吳氏又以集韻猗柔也倚可切正叶破字諸叶皆可用亦不必專從一叶也但調同未省同字或以賓之初筵射夫既同經改亦未可知果舊是同字則柴字容或有轉集韻𢫬舉兩手取曰𢫬渠容切蓋謂助舉矢也若鄭氏助舉積禽自是卑使之役何關士夫之事但世態少公多私動以夏五郭公阻之夏五之下必是月字郭公必是亾字安知非此文在孔子之後而必以爲此文在孔子之前孔子存之蓋有徇意過當者故此曹亦徇意矯之而不知其館本案此下原本缺

吉日四章

吉日維戊既伯既禱田車既好四牡孔阜升彼大阜從其羣醜

吉日庚午既差我馬獸之所同麀鹿麌麌漆沮之從天子之所

庚午前三日爲戊辰則戊者益戊辰也既禱三日舉事凡天子所在曰行在所漆沮從禽獸則漆沮

卽王所也

瞻彼中原其祁孔有儦儦俟俟或羣或友悉率左右

以燕天子

既張我弓既挾我矢發彼小豝殪此大兕以御賓客

且以酌醴

酌醴親戎不可飲厚至醉也校獵小以兔爲勝大以虎爲勝言捷莫如兔猛莫如虎得此則畢事上爵皆無則禮不成今西北之風猶然既獲大兕則可以成燕禮也兕大于虎而不甚猛于虎亦虎亞也故朋稱曰虎兕

聞音曰戊莫後切禱當口切好許厚切阜符有切馬滿補切有羽軌切俟于紀切友羽軌切有羽軌切

聞字曰爾雅三爲羣二爲友此亦字義羣皆三畫友從兩又此法從古有之近世字學亦未爲過也而多諱及之

聞訓曰立訓不免隨語異意或有不必異者所不可曉被之祁祁訓遲與與雨祁祁同被亦可用多意雨亦可用遲意大意來假祁祁訓多與采蘩祁祁同假亦可用大意蘩亦可用遲意此其祁訓大

歟亦可用多意今定從多語勢可見也
總聞曰戊不言辰蓋以戊協禱也次言庚午則前爲戊辰可見文體自有古意如前詩每章言方叔涖止方叔率止至三章四章增一顯允方叔而易一涖止爲元老參差之中整肅黙寓此所以古意鬱然也

詩總聞卷十

後學 王簡 校訂